peasy

la cerdita barrigona

SHARON THOMPSON

Publicado por: Sharon Thompson

ISBN 979-8-9901766-8-3 (Tapa blanda)
ISBN 979-8-9901766-9-0 (Digital)

LCCN: 2025927737

Impreso en los Estados Unidos de América

En junio de 2023, Anya,de seis años, su hermanita bebé Aliyah, y sus papás visitaron la granja de cerdos de la señora Porter. Durante la visita, un cerdo vietnamita llamado Peasy los siguió por todas partes.

Desde entonces, Anya quiso tener uncerdo vietnamita como mascota.

Los papás de Anya, el señor y la señora Dole, notaron el interés de su hija y la forma en que interactuaba con los cerdos.

Los cerdos vietnamitas se pueden tener como mascota. Son muy inteligentes, casi tan astutos como los perros.

En secreto, hicieron los arreglos con la señora Porter para comprar a Peasy como mascota para Anya.

Unas semanas después, Anya recibió una grata sorpresa cuando la señora Porter llevó a Peasy a su casa.

Peasy se convirtió en el orgullo y la alegría de Anya. Ella la llamaba la cerdita genial

A veces, Anya le cantaba a Peasy y le decía lo especial que era.

¡A los cerditos también les gusta la música! Algunos incluso tienen canciones favoritas, así como a Peasy le encantaban las de Disney.

Anya estaba convencida de que las canciones de Walt Disney eran las favoritas de Peasy. Decía: "Peasy cerraba los ojitos y movía la cabeza cuando sonaban las canciones de Disney".

Anya y sus padres pronto descubrirían que Peasy no era una cerda barrigona cualquiera. Peasy era muy graciosa y muy inteligente.

A primera hora de la mañana de un viernes de octubre, Anya y su familia salieron de casa para visitar a su tía Tracey. Fue precisamente esa mañana cuando salió a relucir el lado divertido de Peasy.

FEARLESS

Porque no llegarían muy lejos:

Peasy manejó el carrito de juguete de Anya.

Lo conducía a toda velocidad, gritando que se estaba divirtiendo mucho.

Fue a estrellarse contra la habitación del señor y la señora Dole, mientras tarareaba una melodía de Walt Disney.

Los cerdos aprenden con rapidez. Loscientíficos han enseñado a cerdos a jugar videojuegos sencillos, así que no resulta tan descabellado que Peasy manejara un carrito de juguete.

Lo primero de la habitación que llamó la atención

de Peasy fue la elegante colección de pelucas de la señora Dole.

Peasy se probó cinco de las nueve pelucas

de la señora Dole, mientras cantaba y daba unos cuantos pasos de baile.

Los cerdos son muy curiosos. Les gusta explorar cosas nuevas, así que probarse pelucas y collares es algo que un cerdo juguetón bien podría hacer.

Se probó el collar de la señora Dole, hecho de perlas de agua dulce.

Mientras tanto, giraba y giraba, y luego daba vueltas.

Se miró en el espejo con la larga peluca castaña y dijo: «Hmm, hmm, hmm.

Esta fabulosa peluca marrón le queda de maravilla a este cerdo barrigón

Alexa le pidió a Peasy que explicara el "hmm, hmm", porque no lo entendía.

Peasy se quedó paralizada por un momento, mirando fijamente a Alexa sobre la mesita de noche.

Luego corrió al cuarto de Anya, saltó a su cama, se recostó un rato y apoyó su asustada cabecita para descansar.

Pocos minutos después, dijo que ya no tenía miedo de aquello que la había asustado.

A Peasy le picó la curiosidad: quería saber qué era esa "Alexa".

Regresó al cuarto de los padres de Anya, decidida a averiguarlo.

Las mascotas a menudo se confunden con los asistentes de voz como Alexa. Perros, gatos e incluso cerdos a veces ladran, chillan o se quedan mirando fijamente a la "voz misteriosa".

Antes de volver a la habitación del señor y la señora Dole, se aseguró de ir armada con una escoba.

se aseguró de ir armada con una escoba.

Aun así, su corazón latía con fuerza y estaba lleno de miedo;

susurró para sus adentros, con la esperanza de que Alexa no la oyera.

Pero Alexa le dijo a Peasy: «Habla un poco más alto y con más claridad, querida

Peasy chilló con fuerza: «¡Esta cosa no tiene ninguna gracia!». Soltó la escoba y echó a correr. Salió corriendo de la habitación y saltó a la silla alta de Aliyah . Chilló durante un minuto, deseando que Anya estuviera allí. No pasó mucho tiempo antes de que se quedara dormida en la silla.

El señor Wally dio marcha atrás con su camión y este empezó a pitar.

El ruido despertó a Peasy de su sueño ligero.

Dijo que se alegraba de haber dormido al menos cinco minutos, porque esa cosa llamada Alexa de verdad le daba miedo.

CHEVY

Empezó a llover, una lluvia intensa.

Escarbó en la tierra húmeda con supequeño hocico rosado.

El perro del señor Wally la observaba, preguntándose para qué sería tanta excavación.

Los cerdos no sudan. Por eso se revuelcan en el barro: les ayuda a mantenerse frescos, protege su piel y actúa como un protector solar.

Cavó durante un rato hasta formar un montón de barro. Luego se revolcó una y otra vez en el lodo para refrescarse. El barro le resultaba agradable a Peasy; sacudió la cabeza y se echó a reír.

Peasy pronto se dio cuenta de que algo acechaba.

Temió que fuera un oso y agudizó el oído, esperando oír un gruñido.

La cosa se ocultaba detrás de un árbol enorme.

Peasy quería huir por miedo a perder la vida.

El perro del señor Wally le ladró a una alondra que volaba.

En ese momento, Peasy pensó que ladrar no era lo más inteligente.

De verdad esperaba que lo que estaba detrás del árbol no fuera un oso.

Por suerte para ella, no lo era: era un enorme reno macho.

Regresó al interior para quitarse el barro.

Se dirigió directamente a la bañera de su querida Anya.

Abrió el grifo y dejó correr el agua, pensando que nadie se enteraría jamás.

Vertió un poco de gel de baño en la bañera. Soltó una risita y dijo que el gel limpiaría bien su cuerpo. Peasy se deslizó dentro de la bañera y comenzó a frotarse, moviendo el cuerpo hasta hacer mucha espuma. Mientras tanto, siguió frotando, frotando y frotando.

A los cerdos les gusta el agua y los baños. Un baño de burbujas como el de Peasy puede sonar gracioso, ¡pero a los cerdos realmente les encanta chapotear!

Soltó una buena carcajada y dijo que era agradable estar sola en casa. No tenía idea de que la observaban a través de los teléfonos móviles de los Dole. Cuando lo descubrió, se sintió profundamente avergonzada. Peasy de verdad creía que tenía todo bajo control.

Por un momento se sintió como una víctima, al verse observada por el sistema de seguridad de los Dole. Pero luego se rió y dijo que hacía bien su trabajo, aunque delatara a una pequeña cerdita de vientre abultado.

Lasmascotassuelenquedargrabadaspor las cámaras del hogar haciendo travesuras. Algunos cerdos incluso se han convertido en estrellas de internet.

Peasy tomó la decisión correcta y se disculpó rápidamente. Anya le dijo a Peasy que era divertida e inteligente y que la extrañaba cuando estaban separadas. Luego acarició la cabecita de Peasy. Poco después, las dos se fueron a dormir.

FIN

Sharon Thompson

PÁGINAS DE ACTIVIDADES DE PEASY

Peasy, la cerdita barrigona

¡Peasy quiere encontrar a Anya! ¿Puedes ayudarla a pasar por el laberinto para llegar hasta su mejor amiga?

Instrucciones: Un laberinto fácil con un caminito divertido.
Inicio: Peasy en un lado.
Final: Anya feliz en el otro lado.

Sharon Thompson

Busca las palabras

PEASY, LA CERDITA PANZONA

N	O	A	P	L	A	O	A	A	L	E	X	A	L
O	D	U	I	E	E	N	A	C	Y	N	N	C	N
I	R	I	O	A	N	Y	A	U	A	R	B	O	L
C	E	C	S	C	A	M	I	O	N	E	T	A	Y
N	T	C	E	N	E	Y	T	A	E	A	E	L	R
A	R	Y	O	R	E	I	A	I	L	N	I	B	N
C	O	C	N	O	D	Y	W	E	O	A	B	O	O
N	P	D	G	O	X	O	A	O	D	L	Y	N	A
A	R	I	R	A	L	A	W	A	L	L	Y	C	P
C	A	R	R	O	D	E	J	U	G	U	E	T	E
A	A	D	P	C	P	C	O	E	E	V	A	O	L
B	O	P	E	A	S	Y	N	N	O	I	E	E	U
L	P	T	C	S	C	T	A	N	S	A	A	A	C
A	L	I	Y	A	A	V	B	P	O	U	O	I	A

CERDO
LLUVIA
ANYA
ARBOL
BANO
PORTER
CARRO DE JUGUETE
CAMIONETA
ALEXA
WALLY
PELUCA
DISNEY
DOLE
ALIYA
PEASY
CANCION
BARRO

Clave de Respuestas

N	O	A	P	L	A	O	A	A	L	E	X	A	L
O	D	U	I	E	E	N	A	C	Y	N	N	C	N
I	R	I	O	A	N	Y	A	U	A	R	B	O	L
C	E	C	S	C	A	M	I	O	N	E	T	A	Y
N	T	C	E	N	E	Y	T	A	E	A	E	L	R
A	R	Y	O	R	E	I	A	I	L	N	I	B	N
C	O	C	N	O	D	Y	W	E	O	A	B	O	O
N	P	D	G	O	X	O	A	O	D	L	Y	N	A
A	R	I	R	A	L	A	W	A	L	L	Y	C	P
C	A	R	R	O	D	E	J	U	G	U	E	T	E
A	A	D	P	C	P	C	O	E	E	V	A	O	L
B	O	P	E	A	S	Y	N	N	O	I	E	E	U
L	P	T	C	S	C	T	A	N	S	A	A	A	C
A	L	I	Y	A	A	V	B	P	O	U	O	I	A